I0639096

L'OISEAU
QUI PARLE

8° Y⁷²
772.

L'OISEAU
QUI PARLE

PAR

Mmes E. CHOMETTE ET J. PICKAERT

INSTITUTRICES

PARIS

LIBRAIRIE D'ÉDUCATION

GÉRANT: AMABLE RIGAUD, ÉDITEUR

38, Quai des Augustins, 38

1877

L'OISEAU QUI PARLE.

M. Duval, propriétaire à Paris, avait eu le malheur de perdre sa femme, qui mourut en mettant au monde un joli petit garçon. Cet enfant fut nommé Benjamin; et comme le pauvre petit n'avait plus de mère pour le soigner, l'élever, le nourrir, il fut confié à une nourrice, qui habitait un tout petit village assez éloigné de Paris.

M. Duval, accablé par la douleur, ne pouvait se résoudre à voir cet enfant, qui lui rappelait la mort de sa chère femme, et il l'abandonna, en quelque sorte. Heureusement la nourrice était une excellente femme, qui s'attacha d'autant plus au pauvre abandonné et qui le soigna d'autant mieux; elle l'aimait autant que ses deux autres enfants, et, comme il était le plus petit, tous les soins étaient pour lui; elle le gâtait même par excès de tendresse, et, dans la crainte de le voir pleurer, obligeait ses enfants à lui céder en tout. Cela avait fait du petit bonhomme un véritable tyran volontaire, capricieux et égoïste. N'étant jamais contrarié, obtenant tout de suite ce qu'il désirait, le petit garçon s'imagina que tout avait été créé pour lui et que tout dépendait de sa volonté, en sorte qu'à six ans c'était l'être le plus insupportable qu'on puisse imaginer.

Cependant M. Duval se décida à rappeler son fils près de lui.

La nourrice, fière de son nourrisson, qu'elle trouvait adorable, l'amena donc à Paris.

Il ne fallut pas de longues heures à M. Duval pour connaître tous les défauts de son cher fils; mais, en même temps, il sentit que c'était sa faute; il avait trop négligé son enfant.

Il s'en repentit et se promit de travailler à le corriger; mais pour cela il ne fallait pas tarder un seul jour; aussi exigea-t-il de la nourrice que, le même soir, elle repartit pour son pays.

Ce fut pour la pauvre femme un véritable désespoir, lorsqu'il fallut quitter ce cher enfant dont elle avait fait son idole. Quant à Benjamin, il poussa des cris épouvantables en ne la voyant plus.

« Je veux m'en aller d'ici, disait-il, je ne veux pas rester dans cette maison, je veux ma nounou. »

Et comme son père cherchait à le consoler, il redoubla ses cris en se roulant par terre. Comme il y avait un tapis bien épais, et qu'il ne pouvait se faire aucun mal, M. Duval le laissa seul.

Benjamin criait de plus en plus fort, lorsque tout-à-coup il entendit un rire éclatant résonner à son oreille; il s'arrêta soudain et releva la tête pour voir quel était l'insolent qui se moquait de

lui ; il était seul. Il allait crier de nou-
veau, lorsque le rire recommença, et alors
seulement il aperçut un oiseau vert posé
sur un perchoir.

L'oiseau le regardait et disait :

« Coco, ici Coco, vilain Coco. »

Or, je dois vous dire que la nourrice,
qui n'aimait pas le nom de Benjamin,
avait donné à son nourrisson celui de
Coco, qu'elle trouvait bien plus beau.

L'enfant, surpris, s'arrêta net ; mais un
peu effrayé il s'enfuit loin de l'animal.

En ce moment, M. Duval qui n'entendait plus crier son fils, entrait dans le salon. Le petit se jeta dans ses bras et,

sans pouvoir parler, il montrait l'oiseau qui répétait :

« Coco, ici Coco, vilain Coco. »

Le père comprit aussitôt; mais en même temps, il pensa à se servir de ce moyen pour corriger son fils.

« Comment sait-il mon nom ? dit le petit.

— Il sait tout, dit le père, il dit tout, et si tu es méchant il saura me le dire; si tu es sage, je le saurai également. »

Or, cet oiseau était un perroquet fort curieux vraiment. M. Duval, qui l'avait eu tout petit, avait su lui apprendre à prononcer diverses phrases et à imiter tous les sons qu'il entendait, et l'oiseau, ainsi

exercé, en était venu à apprendre très-
promptement à répéter sa leçon.

Benjamin, qui n'avait jamais entendu
parler d'un perroquet, demeura surpris et
convaincu qu'il avait sous les yeux un
être extraordinaire.

Le petit garçon fut assez tranquille les
premiers jours; mais quand il reconnut
que tous les gens de la maison étaient
doux et complaisants, il commença à vou-
loir en abuser, et le naturel revint au
galop.

Un jour, Germain, le domestique, refusa de lui donner une belle coupe en
cristal qui était sur la cheminée. Le petit
mutin, furieux, lui lança à la tête le bil-
boquet qu'il tenait à la main. La boule

frappa au front le pauvre Germain, qui eut immédiatement une bosse énorme.

Le lendemain, lorsque Benjamin entra dans le salon, il entendit le perroquet répéter d'une voix sacramentelle :

« Pauvre Germain; pauvre Germain; méchant Coco; méchant Coco. »

Et comme toute la journée ces paroles retentirent à ses oreilles, Benjamin comprit sa faute et en fut honteux; il se promit bien de ne plus se laisser aller à ces emportements.

Une autre fois, le petit garçon mit les doigts dans une crème, et lorsque la cuisinière lui reprocha sa gourmandise, il osa assurer que ce n'était pas lui, mais bien Minet qui avait fait ce dégât, et le pauvre Minet fut corrigé; mais, le lendemain, Benjamin entendit le perroquet répéter sans cesse :

» Coco menteur! Coco menteur! »

Et ainsi toutes les fautes de Benjamin étaient dévoilées.

« Méchant oiseau, lui dit-il un jour, je vais te tordre le cou. »

Mais, comme il avançait la main, le perroquet le mordit très-fort avec son gros bec tranchant. L'enfant poussa un cri de douleur si déchirant, si retentissant, qu'il fit accourir tout le monde.

« Père, s'écria-t-il en montrant son

doigt ensanglanté, le méchant perroquet m'a mordu.

— Tu voulais, sans doute, lui faire du mal, tu l'agaçais peut-être?

— Non, non, je voulais le caresser. »

Au même instant l'oiseau cria :

« Menteur Coco, Coco menteur. »

Benjamin rougit, et le père vit bien que l'oiseau disait vrai. Il ne voulut pas augmenter le chagrin de son fils en le réprimandant; mais il s'éloigna, paraissant très-triste, et laissa Germain panser seul le doigt du petit garçon.

Cependant la pauvre nourrice, ne pouvant se consoler du départ de son Benjamin, se décida à le venir voir ; elle emmena ses deux enfants qui étaient bien heureux d'aller embrasser **leur** frère de lait.

Quand ils arrivèrent tous trois chez M. Duval, ils demandèrent d'abord leur Benjamin et l'entourèrent en l'accablant de caresses ; mais Monsieur fit le dédaigneux ; il ne leur rendit pas un seul baiser et parut ne pas les reconnaître. Puis, quand ses deux anciens compagnons voulurent jouer avec lui, il refusa même de les laisser toucher à ses joujets.

M. Duval, fâché et honteux de la conduite de son fils, emmena les deux petits paysans dans le magasin le plus proche et leur acheta beaucoup de joujoux; mais cela ne les consola qu'à demi. Ce qu'ils auraient voulu, c'était de partager le plaisir avec leur cher Benjamin, et de le retrouver aimant comme autrefois. Quant à la pauvre nourrice, elle était désolée de l'ingratitude de son nourrisson et elle pleurait, la pauvre femme !

La journée se passa donc bien tristement, et, si cela avait été possible, ceux qui le matin étaient arrivés si joyeux, seraient repartis aussitôt, tant leur cœur était plein de tristesse ; mais il fallait forcément attendre au lendemain, et l'on prépara une chambre pour la nounou et ses enfants.

Je crois bien que Benjamin n'était pas content de lui ; mais un sot orgueil l'empêcha de reconnaître ses torts. Il dormit mal et se leva d'assez bon matin.

En entrant au salon, il fut salué par le perroquet qui répétait tristement :

« Ingrat Coco ; pauvre nounou ; elle a pleuré ! »

Ces reproches firent sentir plus vivement à Benjamin combien il avait été coupable ; les sanglots le suffoquèrent, et il s'élança dans les bras de son père en pleurant amèrement.

M. Duval, heureux de voir son fils repentant, le prit par la main, et, sans lui rien dire, le conduisit à la chambre de la nourrice.

La pauvre femme se préparait à partir. Elle avait tant pleuré que ses yeux étaient rougis et gonflés. Benjamin, la voyant ainsi, se jeta à son cou en s'écriant :

« Nounou, pardonne-moi, reste, je ne le ferai plus. »

Je vous assure que le pardon fut bien vite accordé ; la bonne nourrice pleurait et riait tout à la fois en embrassant son Benjamin qui, cette fois, lui rendait bien ses caresses.

Les deux enfants étaient venus se mêler à cette scène attendrissante, et Benjamin était baigné de larmes et étouffé par les embrassements.

Je n'ai pas besoin de dire qu'on ne parla plus de départ. La journée fut aussi gaie que celle de la veille avait été triste, et Benjamin dormit fort bien la nuit suivante.

Tant que ses amis restèrent chez lui,

Benjamin fit tout son possible pour leur être agréable; il veilla sur lui, pour éviter toutes les fautes qui auraient pu affliger son père, et devint un enfant si charmant, que le Perroquet n'eut plus rien à apprendre. Il n'avait plus qu'à répéter :

« Coco gentil; bon Coco; joli Coco ! »

Alors l'oiseau et l'enfant étaient camarades; Benjamin appelait le perroquet son ami, et il avait raison; car ceux-là seuls sont nos vrais amis, qui osent nous faire connaître nos fautes.

LA FÉE BONHEUR.

CONTE

Qu'allons-nous faire? disait un jour trois petites filles réunies dans l'un des grands jardins qui entourent les élégantes habitations d'Auteuil.

ALPHONSINE.

Oui, qu'allons-nous faire? Moi, je propose une chasse aux papillons, et, si vous le voulez bien, je cours chercher mon filet!

HENRIETTE.

C'est inutile, ma chère, d'abord cet

exercice n'est guère de mon goût, et puis
je suis lasse et j'aimerais mieux rester as-
sise.

ALPHONSINE.

Et dormir, sans doute, car tu n'aimes
que cela, je crois ; comme c'est amusant ;
Mlle Henriette n'est jamais de l'avis de tout
le monde et ne veut jamais jouer comme
nous, elle aime à contrarier, eh bien ! je
ne te céderai pas aujourd'hui, et nous al-
lons jouer à courir, n'est-ce pas Louise.

LOUISE.

Soyez donc plus raisonnable, Made-
moiselle, vous vous fâchez toujours ! fi,
que cela est vilain, deux amies qui se
querellent sans cesse. D'ailleurs, cette

fois, je donne raison à Henriette; il fait chaud, le soleil est brûlant à cette heure, et je crois que nous ferions bien mieux de passer notre récréation à l'ombre du platane sous lequel nous sommes : y consentez-vous?

ALPHONSINE.

Puisque la majorité l'emporte, il le faut bien; mais pourtant il faudrait jouer à quelque chose.

HENRIETTE.

Louise sait de belles histoires, elle nous en racontera une, ce sera très-amusant.

ALPHONSINE.

Nous pourrions aussi jouer à pigeon-

vole; ou bien amusons-nous à former des
souhaits; chacune de nous dira ce qu'elle
préfère, ce qu'elle aimerait le mieux.
Seulement, moins heureuse qu'Aladin
ou Cendrillon, nous n'aurons pas à notre
disposition une lampe ou une marraine
qui soit fée pour entendre nos vœux et les
exaucer.

« Eh bien, vous vous trompez, mes petites amies, fit tout-à-coup une jeune et
belle dame étincelante de pierreries, qui
apparut aux yeux étonnés, éblouis, de nos
trois charmantes enfants! Vous vous trompez assurément, car bien que je ne sois pas
votre marraine, je vous aime assez et j'ai
assez de puissance pour vous accorder
tout ce que vous me demanderez. »

Une apparition aussi extraordinaire
qu'inattendue surprit singulièrement
Louise, Henriette et Alphonsine. Muettes
d'étonnement, elles restaient en extase,
en contemplation devant cette gracieuse
visiteuse.

. Ce fut donc la fée qui reprit une seconde fois la parole.

« Voyons, chères enfants, dit-elle avec
un sourire des plus rassurants, demandez
ce que vous vous voudrez, ne craignez
rien, je suis la fée Bonheur, et vous pensez bien que je me ferai un plaisir d'exaucer vos souhaits, si ce que vous désirez
manque à votre bonheur.

Au reste, je dois vous avouer que je ne
suis pas contrariante ; je satisferai à tous

vos désirs quels qu'ils soient, ce serait
donc de votre faute si vous étiez malheu-
reuses dans le choix que vous allez faire.

Mais j'espère que vous serez raisonnables. Voyons, parlez, que désirez-vous? »

ALPHONSINE.

Oh! Madame, nous craignons d'être in-
discrètes.

LA FÉE.

Du tout, du tout, ma charmante petite
fille, je suis à vos ordres. Demandez-moi
tout ce que vous voudrez.

ALPHONSINE.

D'ailleurs, Madame, ce que je désire
pour ma part est impossible à réaliser,

car vous ne pourriez pas me rendre princesse, j'en suis sûre, et c'est la seule chose que j'ambitionne!

LOUISE.

Voyez-vous, la petite orgueilleuse, rien que cela, princesse; en effet, ce serait assez difficile, quand on n'a pas un père qui est roi; moi, je ne suis pas si exigeante; mon unique rêve serait de pouvoir manger des gâteaux tant que je le voudrais; alors j'en ferais ma nourriture ordinaire, je ne vivrais plus que de pâtisserie.

HENRIETTE.

De pareils souhaits ne manquent certainement pas de charme; cependant, je préférerais à tout cela une existence calme, paisible, exempte de tout travail, de tous devoirs. C'est si ennuyeux d'étudier, d'apprendre à lire, à écrire, à compter; enfin, je ne désire que d'être débarrassée de tout cela le plus tôt possible.

LA FÉE.

Mais, ma chère enfant, ne craignez-vous pas, en restant ainsi à rien faire, que l'ennui, compagne inséparable de l'oisiveté, ne vienne vous surprendre.

HENRIETTE.

Oh! je suis bien sûre que non, Madame.

LA FÉE.

Vous le pensez ainsi! Eh bien, mes

bonnes petites filles, puisque tels sont vos désirs, que chacune de vous soit donc satisfaite; vos vœux vont se réaliser : Soyez heureux, enfants !

Si cependant vous vous êtes trompées, mes petites amies, si des déceptions imprévues venaient vous faire regretter tout ce qui vous entoure aujourd'hui, c'est-à-dire amitié, travail, santé, liberté, bonheur enfin, que vous méconnaissez en ce moment, rappelez-moi, alors, je consentirai volontiers à rétablir toutes choses.

Mais je dois vous prévenir que je pars pour un long voyage; je vais dans bien des pays, chez bien des peuples, répandre, faire un peu de bien; partout je suis demandée, on m'appelle à grands cris. Si je veux soulager bien des infortunes, sécher toutes les larmes, consoler toutes les douleurs, ma tâche sera longue, impossible même.

Cependant, je me propose de revenir dans cette contrée que vous habitez, au bout d'un an ; vous ne pouvez donc me revoir, mes enfants, et compter sur mon pouvoir avant cette époque.

Et la fée, s'inclinant sur le front de chacune des petites filles, y déposa un baiser et disparut à leurs yeux étonnés, ravis!

Vous dire, mes bons petits amis, par quel enchaînement de circonstances Henriette, Alphonsine et Louise furent exaucées serait inutile. Sachez seulement que peu de temps après ce que je viens de vous raconter, les trois enfants étaient au comble de leurs désirs.

Louise avait été envoyée chez un de ses cousins qui tenait une boutique de pâtisserie, à Paris.

Alphonsine, qui ambitionnait tant le titre et les honneurs qu'on rend à une princesse, venait d'être demandée à sa mère par un roi d'Allemagne qui, n'ayant pas d'enfants, voulait cependant vouer, consacrer son amitié, sa fortune et son rang à une petite héritière choisie par lui.

Quant à Henriette, l'indolente, l'apathique Henriette, une vieille tante, malade depuis longtemps, la fit demander pour lui tenir compagnie dans un ancien et triste château qu'elle habitait au nord de la France. Là, dans cette solitude, Henriette n'avait rien à faire; ses jeux devaient eux-mêmes être très-paisibles, car la pauvre femme, épuisée par la souffrance ne pouvait entendre aucun bruit autour d'elle, et cependant elle ne voulait pas que sa nièce la quittât.

Dans cette situation, la petite paresseuse devait être contente, puisque l'oisiveté allait si fort à ses goûts.

Et pourtant il n'en était rien, du moins, au bout de quelque temps.

Bientôt les trois amies s'aperçurent, mais un peu tard, qu'elles n'étaient pas aussi heureuses qu'elles l'avaient espéré dans leur nouvelle position; et cela devait

arriver, mes petits amis, car on se lasse
bien vite même des meilleures choses,
quand on en abuse.

Une surprise que l'on nous fait, une ré-
compense gagnée par notre obéissance au
travail, que sais-je, moi! une récréation
inattendue, vous rendent d'autant plus
heureux que vous n'en jouissez pas conti-
nuellement.

Or, vous pensez bien qu'Alphonsine,
Henriette et Louise, ne purent apprécier
longtemps un bien dont elles n'étaient
plus privées du tout.

Les honneurs, et surtout l'étiquette
si pénible aux personnes même qui y
sont le plus habituées, fatiguèrent la pauvre Alphonsine.

Elle regretta bientôt de posséder un titre, un rang à la cour qui lui imposaient une gêne de tous les instants. Alors elle ne tarda pas à se repentir d'avoir formé un vœu qui lui attirait tant d'ennui, de tristesse même.

Louise, au milieu de ses gâteaux et ne mangeant que des gâteaux, car son oncle ne prétendait pas que l'on achetât autre chose, puisqu'il lui restait toujours quelques pâtisseries, Louise, dis-je, fut bientôt rassasiée de cette nourriture qui finissait même par la rendre malade, car des friandises, mes enfants, prises avec excès, sont très-nuisibles à la santé. En conséquence, le seul vœu que formait la petite Louise, c'était de voir bientôt appa-

raître la bonne fée pour qu'elle la rendît
à sa famille, à ses bons parents.

Quant à Henriette, l'apathique, l'indolente, la paresseuse Henriette, l'ennui,
qu'elle croyait ne jamais connaître, la ga-
gna bien vite cependant, et cela devait
arriver, chers petits lecteurs, car s'il est
des fautes que le bon Dieu se réserve pour
punir en temps opportun, la paresse, l'oisiveté ne sont pas de ce nombre; et c'est
immédiatement, c'est de Dieu tout de
suite que nous en recevons le châtiment.
Henriette, ne faisant rien que de s'amuser
toute la journée, finit bientôt par épuiser
la série des jeux qu'elle connaissait; il
fallait qu'elle revînt souvent aux mêmes,
et cela était aussi une fatigue pour elle;

alors, le plus souvent, Henriette restait
des heures entières blottie dans un fau-
teuil, rêvant à je ne sais quoi, mais, à
coup sûr, elle ne s'amusait pas, car elle
bâillait, se retournait vingt fois, et finissait
toujours par s'endormir au beau milieu
de la journée. Au bout de quelque temps,
Henriette ne put même se dissimuler
qu'elle s'ennuyait à mourir, car l'ennui
est bien de tous les maux, le plus affreux,
le plus terrible dont Dieu puisse nous affliger, nous frapper ici-bas.

« Si je savais lire, si j'avais profité des
leçons que ma bonne institutrice me donnait, disait souvent Henriette en soupi-
rant, je pourrais aujourd'hui varier mes
plaisirs, ouvrir cette bibliothèque et par-
courir les jolis livres qu'elle renferme, et

puis, en lisant haut, cette récréation serait
agréable à ma tante, tandis qu'elle doit
trouver ma compagnie bien sotte, bien
ennuyeuse. Je suis là, près d'elle, et je ne
sais rien faire de mes dix doigts que le
bon Dieu m'a donnés, sans doute, pour
qu'ils me soient utiles, et je ne sais pas
m'en servir par ma propre faute. Ma bonne
mère voulait que j'apprisse le dessin, la
tapisserie, la couture, et moi je ne voulais
pas suivre d'aussi bons conseils, et j'en
suis bien punie aujourd'hui, car, sans
doute, c'est une punition que le bon Dieu
m'envoie. Oh! ajoutait-elle souvent, si je
puis avoir le bonheur de retourner auprès
de mes chers parents, je travaillerai avec
une ardeur infatigable pour regagner,
si cela est possible, le temps perdu. »

Toutes ces résolutions que prenait Henriette étaient excellentes; mais, en attendant, elle souffrait et se désespérait en pensant que la fée ne pouvait répondre à son appel que dans un an, et cette époque lui paraissait si éloignée qu'il lui semblait qu'elle n'en verrait jamais la fin.

Le temps est inexorable, mes petits amis; que l'on soit heureux ou malheureux, il n'en suit pas moins pour cela son petit bonhomme de chemin, comme on dit, sans s'inquiéter si ceux-là voudraient ralentir sa marche, tandis que les autres ne seraient pas fâchés qu'il se mît à courir au grand galop.

Or, cette année là ne fut ni plus courte, ni plus longue que les autres, et cependant elie parut un siècle aux trois petites filles qui appelaient depuis longtemps, et à grands cris, la fée Bonheur.

Bonne et indulgente comme la première fois, cette charmante messagère ne manqua pas d'apparaître à ses petites protégées à l'époque convenue.

«Qu'y a-t-il, mes chers enfants? leur dit-elle, vous êtes heureuses, n'est-ce pas? et c'est pour me remercier que vous m'appelez ainsi? Vous êtes bien heureuses, sans doute?

—Heureuses! Oh! non, Madame, dirent chacune à leur tour les enfants consultées; nous en avons assez de cette position que nous avons eu la sottise, l'imprudence de désirer et qui ne nous a valu que des peines, des chagrins, des ennuis de toutes sortes.

— Je vous crois sans peine, mes bonnes petites filles, et je me suis doutée de ce qui vous arriverait. Quoique bien jeunes encore vous possédez déjà en germe, mes chères enfants, les défauts des pauvres humains qui ne savent jamais se rendre heureux dans la position, quelquefois bien belle cependant, que le bon Dieu leur a faite.

Soyez donc plus raisonnables, mes gentilles amies, et, puisque l'expérience s'est déjà chargée de vous instruire, apprenez dès à présent et en rentrant dans vos familles que vous n'auriez jamais dû quitter, à jouir avec reconnaissance et gratitude des dons de la Providence.

D'ailleurs, ne croyez pas que vous trouverez jamais le bonheur parfait en ce monde. Dieu seul est dépositaire de ce trésor, et c'est au Ciel seulement qu'il le donne ! »

TONY OU LA RECONNAISSANCE.

Edmond était le fils d'un riche planteur américain, dans les États du Sud.

Aussi M. Worton, son père, était comme roi dans le pays où étaient situées ses immenses propriétés.

Il était seul maître, seul juge d'un nombreux peuple d'esclaves.

Les riches plantations de M. Worton s'étendaient au loin et étaient bordées, d'un côté, par un bois d'une grande étendue, qui lui donnait l'ébène, le palissandre, l'acajou, etc.

Un grand lac fournissait au riche planteur les poissons les plus rares et les plus délicats.

Enfin, des plantations de cannes à sucre, de cotonniers et de bien d'autres productions augmentaient ses richesses.

Aussi ses serviteurs étaient-ils très-nombreux.

Cependant, bien que M. Worton fut doux et humain, quoiqu'il fut charitable et chrétien, ses gens étaient malheureux : ils étaient esclaves.

C'est-à-dire, qu'ils appartenaient corps et âme à leur maître, lequel avait sur ux droit de vie et de mort.

Il pouvait les vendre comme on vend

au marché des animaux domestiques, un bœuf, un cheval, etc..

Enfin, il était libre de séparer impunément la femme du mari, l'enfant, de sa mère, sans que ceux-ci aient le droit de proférer une plainte, ou de demander justice.

M. Worton et sa femme vivaient paresseusement, comme de vrais créoles.

Le planteur se reposait, pour tous les soins à donner, pour la surveillance à exercer, pour l'exécution de la plus stricte discipline, sur un intendant, homme probe, actif, intelligent, bon administrateur.

Malheureusement, Maurice Johnson, le représentant du maître colon, croyait qu'il ne pouvait mener les esclaves qu'en les terrifiant, et il était sévère avec eux jusqu'à la cruauté, ne pardonnant jamais, et inspirant à ces hommes, déjà tant à plaindre pourtant, une profonde terreur.

Son système ne lui réussissait pas toujours, car sa cruelle justice exaspérait autant que l'injustice.

Il y avait eu souvent de sourdes révoltes, réprimées aussitôt par quelques terribles punitions.

Le fouet, le cachot, la mort même du coupable étouffaient ces rébellions.

Plusieurs fois le petit Edmond avait demandé grâce pour les pauvres noirs ; mais il avait été impitoyablement refusé.

Alors il recourait à son père et à sa mère, mais on lui répondait invariablement :

« Mon cher enfant, si nous nous mêlons de l'administration de M. Johnson, son autorité décroîtra, et il ne pourra plus gouverner. »

Ces raisons ne persuadaient pas l'enfant, qui, doué d'un jugement sain et d'un cœur excellent, ne comprenait pas qu'on traitât des hommes comme des brutes.

Un jour, une négresse ayant mal accompli sa tâche, fut condamnée au fouet.

Son mari, jeune, intelligent, se révolta contre cette punition qu'il trouvait injuste, et contre cette honte qu'on voulait infliger à sa femme.

Il prit celle-ci dans ses bras en disant :
« Je vous défends d'y toucher ! »

Et comme le contre-maître s'avançait,
le fouet levé, pour frapper la coupable et
son défenseur, le courageux esclave saisit
l'instrument du supplice, et le jeta au
loin après l'avoir brisé.

Un tel acte de rébellion pouvait être
d'un mauvais exemple s'il était connu ;
M. Johnson le comprit.

Aussi, il ne laissa pas éclater sa colère,
afin de ne point attirer l'attention des autres esclaves.

L'intendant s'approcha seulement du
jeune nègre et lui dit:

« Je regrette que les choses se soient

passées ainsi ; tu es un serviteur utile ;
mais ta femme te ferait commettre quelque sottise, je dois t'en séparer.

Demain, elle sera vendue ! »

Puis il les fit lier l'un et l'autre, et or-
donna qu'ils fussent, chacun, enfermés
dans un étroit cachot.

Edmond avait assisté à toute cette scène ; il en était navré.

Il n'essaya pas, toutefois, d'intercéder
pour les victimes ; il vit bien que ce serait
inutile ; mais il se promit de veiller sur
eux.

Le fils du planteur errait près des bâti-
ments où se trouvaient les prisonniers,
cherchant comment il pourrait leur venir

en aide, lorsqu'il vit accourir de son côté un petit nègre qui paraissait être âgé de sept à huit ans.

Edmond comprit, aux cris et aux larmes de ce pauvre petit, qu'il était l'enfant de ces malheureux.

Il s'approcha de lui, et parvint à le consoler en lui promettant qu'on lui ferait voir cette mère qu'il appelait avec des sanglots déchirants.

La charité, le désir d'être utile à ces malheureux esclaves, rendit Edmond rusé.

Il prit des informations, et il sut que le marchand qui devait acheter l'esclave était déjà arrivé,

Le bon petit garçon alla le trouver sans affectation, et lui persuada de prendre plutôt le mari qui lui rapporterait un bien plus grand profit.

Le marchand comprit cela sans doute, car, au moment de la vente, il insista pour avoir le jeune homme, refusant nettement d'acheter aucune femme.

Le pauvre noir fut vendu, en effet, et le soir même l'infortuné partait sans avoir la consolation d'embrasser sa femme et son fils.

Déjà ils étaient bien loin des propriétés de M. Worton, lorsque l'attention du marchand fut éveillée par le galop d'un cheval qu'on entendait au loin.

Bientôt même le cavalier eut rejoint la

silencieuse et triste caravane, et l'on put reconnaître Edmond tenant en croupe un petit nègre qu'il semblait avoir pris sous sa protection.

« Monsieur, dit le fils du planteur lorsqu'il fut auprès du marchand, vous avez oublié votre portefeuille chez mon père, et je vous le rapporte. »

Or, le petit garçon avait imaginé de mettre ces valeurs de côté pour avoir occasion de courir les rendre à leur légitime propriétaire, afin de favoriser une entrevue entre le père et le fils.

Il avait donc emmené Tony avec lui, et tandis que le marchand félicitait et remerciait Edmond pour la complaisance qu'il avait eue, le petit nègre, qui avait bien vite reconnu son père, s'était laissé glisser à bas du cheval, puis il avait couru se jeter dans ses bras en l'accablant de caresses.

« Que Dieu bénisse, disait le pauvre esclave en embrassant son fils, celui qui me procure le bonheur, bien inespéré, de te revoir encore, mon cher enfant.

— C'est bon petit maître qui m'a amené près de toi, cher bien aimé papa.

— Oh ! cela ne m'étonne pas, alors, il est bon, il est compatissant, je le sais ; plusieurs fois je l'ai vu s'attendrir sur nos douleurs et demander notre grâce.

Eh bien, mon cher enfant, puisque tu restes près de lui rappelle-toi, toujours du service qu'il nous a rendu aujourd'hui, aime-le toujours, et sois-lui reconnaissant toute ta vie. »

Cependant il fallait se séparer, car déjà le marchand saluait Edmond et il se disposait à poursuivre sa route, et pourtant Tony avait passé ses petits bras autour du cou de son père, et il ne voulait plus le quitter.

Il ne consentit à s'en séparer que lorsque le pauvre nègre lui eut dit, mais bien bas, qu'il reviendrait bientôt.

Cet espoir consola un peu l'enfant, qui consentit à suivre son jeune maître à l'habitation.

De retour chez son père, Edmond demanda et obtint la permission de garder son petit protégé près de lui.

De cette façon, il lui était bien plus facile de s'en occuper, et il trouvait à chaque instant l'occasion de rapprocher l'enfant de sa mère, et le pauvre petit ne fut pas privé, dans un âge aussi tendre, des soins, de la sollicitude et des caresses maternels.

Cependant, le père de Tony avait trop de chagrin d'être séparé de ses plus chères affections, pour ne point rouler dans sa tête un projet d'évasion.

Il mit dans sa confidence son compagnon de chaîne et d'esclavage, lequel accueillit avec le plus grand plaisir cette proposition; puis, quelques heures après, profitant de la nuit qui était venue et de l'épaisseur d'un bois dans lequel ils pas-

saient, les deux esclaves s'échappèrent si
adroitement, que quelques recherches que
put faire le marchand, il lui fut impossible de les retrouver.

Ainsi que je vous le disais en com-
mençant cette histoire, mes petits amis,
les nègres, de plus en plus exaspérés par
la cruelle tyrannie qu'on exerçait sur
eux à la moindre faute, se révoltaient souvent, mais sans aucun succès, au contraire, et l'insurrection ne servait, le plus
souvent, qu'à faire prendre des mesures
plus sévères encore envers les pauvres
noirs.

Cependant, quelques-uns d'entre eux,
plus hardis, peut-être ou plus exaspérés
que les autres, résolurent enfin de se venger d'une manière terrible.

Ils s'entendirent en secret, nommèrent un chef, et choisirent, pour faire éclater la révolte, un jour de fête.

Alors, tandis que M. Worton se livrait à la joie, une multitude furieuse, forcenée, se répandit dans les champs, mit le feu aux plantations, et détruisit en quelques heures les principales richesses du maître colon.

Mais ce désastre, quelque grand qu'il fut déjà, ne suffit point cependant à assouvir la haine des insurgés pour leurs persécuteurs.

Ils voulurent aussi punir les auteurs de leurs maux, et s'emparer de leurs personnes.

Les révoltés se portèrent donc en masse

chez M. Johnson, celui à qui ils en vou-
laient le plus, puis ils le prirent et le
lièrent aussitôt.

Bien que les insurgés ne fussent pas
encore arrivés dans le quartier qu'habitait M. Worton, le riche planteur, cependant, connaissait déjà le désastre.

La lueur de l'incendie, les cris de ces
hommes noirs, devenus cruels à leur
tour par l'exaspération et le désir de la
vengeance, arrivaient jusqu'à lui.

Bientôt même il put croire qu'il allait
être, lui-même, victime de la révolte
et payer, peut-être de sa vie, la faute bien
grave de n'avoir pas veillé à ce que ses esclaves, hommes comme lui, après tout,
enfants comme lui du même Créateur, fussent heureux.

En présence du danger qui le menaçait,
M. Worton songea à se mettre en devoir
de défense ; mais il put bientôt se con-
vaincre que ce serait tout-à-fait inutile et
même dangereux, car les esclaves avaient
déjà envahi sa demeure comme un flot
impétueux, mugissant, puis après avoir
tout mis au pillage chez lui, ils l'emme-
nèrent, lui-même, prisonnier avec son
fils.

Ainsi chargés de leurs proies, de leurs
captifs, ils les conduisirent à l'entrée d'un
grand bois, pénétrèrent à travers les tail-
lis, et arrivèrent dans un endroit qu'ils
semblaient avoir désigné d'avance.

Dans ce lieu se trouvait une grotte fer-
mée par deux énormes pierres.

Ils les soulevèrent avec de grandes difficultés, puis ils introduisirent dans cette triste et sombre demeure leurs prisonniers.

Cependant, Tony savait, à n'en pouvoir douter, toute l'étendue du danger qui menaçait les captifs et il les regardait même comme perdus sans ressources, car, à la tête des insurgés, l'enfant avait reconnu son père, et il le considérait, à juste titre, comme le principal instigateur de la révolte.

Or, Tony pensait bien que si son père avait secrètement provoqué une sédition dans l'île, s'il avait soulevé les esclaves, c'était pour délivrer ses frères du joug flétrissant qu'ils subissaient et se venger lui même et de la faiblesse de M. Worton et de la tyrannie du contre-maître qui l'avait si indignement et si cruellement séparé de sa femme et de son fils.

Malgré le désordre, l'agitation, le tumulte qui règnaient, Tony, avait pu, cependant, courir embrasser son père; mais il lui avait été impossible de lui parler et d'intercéder pour ceux qu'il aimait.

« Que faire, se disait le petit nègre, pour que mon cher protecteur et son père soient épargnés?

Je sais bien, se disait l'enfant, que mon père n'est pas ingrat, et il ne voudra pas faire mourir celui qui a pris soin de son fils; mais il n'est pas le seul maître, et ses hommes, qui paraissent furieux et farouches, ne l'écouteront pas, et dans leur rage aveugle, ils massacreront sans pitié l'innocent et le coupable. »

Tout en faisant ces tristes réflexions, Tony s'enfonçait dans le bois où il avait vu conduire les prisonniers, et il cherchait dans sa tête s'il ne découvrirait pas un moyen pour les sauver.

Seul et faible, cela était difficile, ou plutôt impossible.

Aussi le pauvre enfant avait beau se tourmenter l'esprit, il ne lui venait aucune idée.

« Voyons, comment vais-je faire? se disait-il ; il faut pourtant bien que je me décide à quelque chose, car plus le temps s'écoule et plus le danger est grand pour mon cher petit maître.

Je ne puis raisonnablement penser à prier les sentinelles, qui gardent l'entrée du cachot, à me laisser pénétrer auprès des prisonniers, ils me soupçonneraient d'intelligence avec eux, et je ne pourrais plus rien faire sans courir le risque d'être pris moi-même, et ce n'est point cela qu'il faut.

Mon Dieu, dit l'enfant désespéré en s'agenouillant et en élevant ses petits bras vers le ciel, l'action que je veux faire est louable et bonne, vous le savez, puisque c'est une dette de reconnaissance que je veux acquitter.

Inspirez-moi donc, Seigneur, ajou

Tony, afin qu'il me soit possible de trouver un moyen pour réussir dans mon projet. »

Alors le petit nègre se releva rempli de confiance et d'espoir; Dieu venait d'entendre sa prière, sans doute, comme il entend toujours les vœux et les demandes des cœurs purs et bons.

« J'ai mon idée, dit-il, et Dieu aidant, je n'ai plus qu'à me mettre à l'œuvre.

En vérité, pensa l'enfant en haussant les épaules, je suis bien sot de n'avoir pas pensé plutôt à cela.

Je vais enlever quelques pierres de ce côté-ci de la caverne qui n'est point gardé par les sentinelles, et, de cette façon,

j'arriverai sans être vu auprès des prisonniers. »

Alors Tony se mit à la besogne; mais
le pauvre enfant n'avait pas d'instruments
en fer pour l'aider à soulever des mas-
ses aussi lourdes et aussi dures.

Bientôt même ses faibles ongles furent
déchirés, ensanglantés au contact de la
pierre. Aussi, malgré tout son courage,
sa bonne volonté, l'enfant vit bien qu'il
n'arriverait à rien, s'il ne trouvait un
moyen plus prompt et moins pénible pour
faire cette ouverture.

Tony se mit alors à la recherche d'un
morceau de bois assez dur pour qu'il put
en faire un levier; mais la découverte de
de cet outil, qui eut été un véritable tré-

sor pour le petit nègre, paraissait être impossible dans cette partie du bois, et l'enfant commençait même à craindre qu'il ne fut obligé d'abandonner cette seule ressource qu'il pouvait avoir de communiquer avec le jeune planteur, lorsque, par un hasard vraiment providentiel et au moment où il s'y attendait le moins, il vit, à dix pas de lui, et dans l'herbe, une pince en fer dont les insurgés s'étaient servis sans doute quelques heures auparavant pour ouvrir la grotte.

Il s'en empara aussitôt, bien que cette pièce fut très-lourde, mais son courage doublait ses forces, et malgré toutes les difficultés qu'il rencontra dans ce travail pénible, il eut bientôt la consolation de voir quelques pierres rouler à ses pieds.

Dès lors, l'entrée était assez grande pour laisser passer l'enfant.

Tony s'empressa de pénétrer par ce véritable petit trou de souris, et ce ne fut qu'avec des efforts incroyables, et après avoir laissé une partie de ses vêtements aux angles de cette ouverture, qu'il arriva enfin au beau milieu de la caverne.

Malgré l'obscurité qui régnait dans ce lieu, Tony ne fut pas long à distinguer son cher Edmond, lequel était lié et attaché ainsi que son père, dans une partie reculée de la grotte.

Courir à lui, l'embrasser et dénouer la corde qui le retenait, tout cela fut l'affaire d'une seconde.

«Bon maître, dit-il, venez vite, je viens

pour vous sauver; il ne faut pas qu'on vous retrouve, ou sans cela vous êtes perdus ! on veut vous faire mourir.

—Oh, je le pensais bien, dit M. Worton. Viens, mon fils, viens, mon cher enfant, éloignons-nous de cette prison qui, dans quelques instants peut-être, pourrait devenir notre tombeau.

Mais, ajouta M. Worton, nous ne pouvons pas partir ainsi ; M. Johnson, mon contre-maître, a été conduit ici avec nous; il faut l'emmener aussi.

—Lui, dit le petit noir, oh ! non; il a été trop méchant, il a trop fait souffrir les pauvres noirs pour que je m'occupe de le sauver. C'est lui qui est cause de cette sédition; ce sont ses mauvais traitements qui ont révolté, exaspéré les esclaves de cette île; qu'il s'en tire comme il pourra, je le laisse, lui! »

Il fallut bien céder à Tony qui, d'ailleurs, paraissait inflexible, et ne voulait pas soustraire cet homme à la colère de son père qu'il avait rendu si malheureux.

Au reste, il était temps que les prisonniers se hâtassent de prendre un parti, car à peine l'évasion était-elle terminée que les insurgés entraient dans la caverne et s'apercevaient de la disparition des captifs.

Tony conduisit le planteur et son fils dans un lieu sûr, et il les pria d'attendre avec résignation et patience le moment

4

où ils pourraient être rendus, sans danger, à la liberté.

Cette heure ne tarda pas à sonner.

Les Anglais avaient été instruits de la révolte, et ils étaient accourus au secours du maître planteur.

M. Worton put donc bientôt reprendre possession de ses biens.

Mais loin d'abuser de la victoire, il en profita, au contraire, et il voulut l'inaugurer en donnant la liberté à tous ses esclaves.

Il loua, à chaque famille, une petite maisonnette.

Puis il distribua habilement les travaux selon la capacité de chacun, et paya ces hommes, devenus libres, à la journée.

Dès lors , les noirs et leur maître
n'ayant plus entre eux que des rapports
d'ouvriers à patron, et chacun y mettant
du sien pour se contenter mutuellement,
le bonheur, la prospérité, ne tardèrent pas
à régner dans la grande et belle propriété
de M. Worton, qui n'oublia pas non plus
son libérateur; il le combla , lui et les
siens, des plus riches présents, et leur fit
don de l'une des plus belles cases de la
colonie.

Edmond ne pouvait plus assez remercier Dieu de la protection si visible qu'il
leur avait accordé.

« Tu le vois, lui disait sa mère, qui,
fort heureusement pour elle, ne se trouvait pas dans l'île au moment de l'insur-

rection, tu le vois bien, cher enfant, un bienfait n'est jamais perdu, et c'est ainsi que nous nous procurons, par nos bonnes œuvres, un fond de reconnaissance en ce monde et en l'autre.

Et M. Johnson, vous vous demandez, sans doute, ce qu'il est devenu, n'est-ce pas?

Hélas, si je ne vous en ai point parlé, c'était à dessein et pour ne pas attrister votre bon petit cœur.

Tout ce que je puis vous dire, chers amis, c'est de vous recommander de ne jamais vous attirer la haine et la colère de vos semblables, par de méchantes actions.

Paris. — Imp. A. Rigaud, Grande-Rue, 21, à Montrouge.

www.ingramcontent.com/pod-product-compliance
Lightning Source LLC
Chambersburg PA
CBHW070820260626
47161CB00006B/2356